U0003719

Smile, please

smile 141
尋找心裡的永恆陽光

作者：kowei
責任編輯：林盈志　　美術設計：陳恩安
校對：呂佳真
出版者：大塊文化出版股份有限公司
台北市 105 南京東路四段 25 號 11 樓
www.locuspublishing.com
電子信箱：locus@locuspublishing.com
服務專線：0800-006-689
電話：02-8712-3898　　傳真：02-8712-3897
郵撥帳號：1895-5675　　戶名：大塊文化出版股份有限公司
法律顧問：董安丹律師、顧慕堯律師
版權所有　翻印必究

總經銷：大和書報圖書股份有限公司
新北市新莊區五工五路 2 號
電話：02-8990-2588

初版一刷：2017 年 5 月
定價：380 元
ISBN：978-986-213-791-8
Printed in Taiwan. All rights reserved.

尋找心裡

的

永恆陽光

獻給
在這條旅途上，結伴同行的你

自序

成長的過程，充滿大小衝突和啟示，各種掙扎和感動，無法一語
道盡。有時，我們看見一個人的外在形象，卻不了解他背後的生
命故事，一如同儕和學生總說羨慕我的生活、工作和際遇……但
事實上，我也還在不停跌跌撞撞，失眠是家常便飯，只是傷口癒
合（或裝沒事）的工夫越來越厲害而已。生活辛苦，我們都知道，
而難的正是在黑暗中，仍不放棄對「光」的渴望。

出社會後的我，除了持續畫畫和撰文，也開始在學校授課，每每
觀察學生們，總讓我更加想念那些勇敢又純粹、血氣方剛、不平
則鳴的時期，儘管總是撞得滿頭包，卻也有爬起來的力氣；甚至，
正因為什麼都沒有，才不會因為擁有太多而害怕失去。

我想到自己也曾是這樣走過來的，而種種經驗和蛛絲馬跡都在 kowei-net.com 的「diary（日記相本）」裡，那是自 2004 年以來，最受讀者朋友喜愛的單元，好幾次，都有人呼喊著快點成書。於是，我整理出前階段可能對讀者有幫助的部分，當中有關於與人交往互動的「朋友」；痛一點、學一點的「愛情」；追求目標、跌跌撞撞的「夢想」；觀察生活、反思時事的「社會」；最誠實的「自我」，以及精神支柱的「家人」。當時雖然深陷在各式各樣的事件中，如今重新閱讀卻也不可思議地受到鼓舞……原來，有些情緒是無法重來的，原來，真誠的體驗生活還是有它的價值。

我也為文字配上這些年拍攝的相片，當中包含首次公開的新作。每張相片搭配的文字，某些乍看或許不直接相關，但都有呼應文字／情緒／精神的元素，邀請各位成為心靈偵探，循著線索進入創作者的「視」界。

直到今日，我也還在追求心中的平靜，持續「尋找心裡的永恆陽光」。但願這本不敢說是人生智慧的心血結晶，但至少是最誠實的自我對話之書，能像拋磚引玉般，從我的記憶，連結到你的個人經驗，然後，觸動到你心中的某一部分……

「關於人生的某些挫折，我們永遠無法明白它的來由與目的，但是，我知道一條通往開心的小路，你要不要和我一起來？」

目次

01 ｜朋友

傷害人的是人，治癒人的也是人

關於朋友，任誰都會擔心錯過了什麼活動、少做了什麼或是少說了什麼，就會從那世界中被悄悄地切割開來。

但也未必做了什麼，就真的身在其中……

A：「嗨！記得我嗎？」

B：「你是？」

A：「忘了啊……那，算了。」

曾說過要當一輩子的朋友，結果根本就沒有什麼「永遠」呢，也沒有什麼「絕對」、「保證」、「一定」。還是珍惜眼前就好。

字典裡沒有的字

每到新環境，難免要經過一段尷尬的過渡期，好想趕快熟悉彼此，就可以閒話家常一起吃飯了。回想起來，每個求學階段都有這種時候，但從前是怎麼熬過去、和大家熟稔起來的？卻怎麼也想不起來。只覺得隨年紀增長，戒心就越來越強……於是一頭熱的傢伙反而顯得很奇怪。

其實我也是容易緊張、怕生的人，但還是會想主動跟人說說話，就算剛開始的對話總是有一搭沒一搭，不時冷場，也寧願承受這種冷，而不是直視前方、裝作沒看到周遭人物的那種冷。

何時才會有人幫我取親暱的綽號？何時才能一起出去玩？何時才可以講心事也不難為情呢？我知道，需要一段時間發酵，在那之前，放下矜持吧。

 # 等待朋友

偶爾回想起念小學時，不顧忌太多，到處認識新朋友；操場上的躲避球，追趕跑跳碰，不懂疲憊是什麼。國中穿上制服後，就像急速封包的罐頭食品，內軟外硬，把童心鎖在裡面，貌似全校都一樣，卻也因此想證明自己最特別；男孩期待變聲，女孩買了第一件內衣；妄想打進最酷的團體，卻總是乳臭未乾做出最不酷的事。高中終於認清裝大人很瞎，於是又挖出一點純真，調和中二病的極端；為成績、夢想和浪漫傷神。大學，突然意識到位在青春終結站，想在出社會前奮力一搏；正當以為一切趨向成熟時，才發現仍在峽谷裡跌跌撞撞。研究所，若即若離的小世故，彷彿每個人都身經百戰，有說不出口的苦衷和祕密；覺得在人前展示軟弱是丟臉的事，其實任誰都有一顆柔軟的心，總是不小心就掉出來，再若無其事裝回去……

原來在各階段受傷所結的「痂」，已在不知不覺中增厚，變成盔甲和面具，只有在意識模糊時，才緩緩向彼此靠近。彷彿累得不堪一擊，面對攻擊時卻仍有力化身為刺蝟，裡頭還是那個容易鼻酸的人，但已不敢在公眾場所放聲大哭了；你也還是需要擁抱，就怕抱到荊棘、鹽水袋或炸藥。我想勇敢貼近你，告訴你祕密——軟弱其實是最堅強的直率。

我想直率，我想愛。

還有直率嗎

時間會讓一切現形，無法控制你變成怎樣的人，更無法確定
未來的我們會如何，只希望相處的時候，你是真的很快樂。

保鮮期

好喜歡看各式各樣的人開心笑。不是對著鏡頭就非笑不可的那種強迫一笑，是真正發自內心覺得好快樂的那種笑。每次看到那種笑，都覺得周遭的冷空氣被沖淡了一點，也想頒發獎座給那個人跟他說：「剛剛你活出自我了喔！」然後就忘記剛認識時的冰冷武裝。

想要永遠留住那些畫面，想有永遠都看不完的開心大笑。

 # 笑

喂，要怎麼做才不會被嫌多餘？怎麼離開才不會被說無情？怎麼靠近才不會顯得強硬？

「不可能啊，總是會有人說話的。」

「所以你只能盡量放鬆，聽心裡聲音去做真正想做的事。」

我也是這樣想。只要行為能符合心中所想，並且發自內心快樂去做，總有一天一定會被理解的。

 # 靠近

人是有情感的柔軟動物，因此光講「理」沒用；

比起講理，更需要被呵護的感覺。

擁抱

被誇獎或許是好事吧，代表現在的樣貌或轉變都是有進步的，但我
卻很怕聽到「現在這樣比較好」這種話。因為聽到時總會忍不住
想，以前是不是做不好卻沒自覺？（甚至因此驕傲？）所以每次聽
到這種話，就不知道該哭還是笑。

 # 其實你忍了很久嗎

當一個人開始習慣另一人的存在,「尊重」便會慢慢被遺忘。其實,任誰都希望自己是特別的,值得被捧在手心珍惜。為了讓美好留存,願你我都不習慣彼此,長保新鮮。

不習慣彼此

成熟或幼稚、直接或委婉,不管怎樣都覺得好難……選擇了誠實的結果是,一不小心就弄得血淋淋的。

說真話前最好做足心理準備

若用長短不一的顏料比喻人的個性，我想「白色」一定是沒主見的
爛好人，因為太單純善良，被利用了也不知道，就這樣默默消耗，
等到發現時，早已損去一大半。

 # 最先用完的顏色

什麼是真心，什麼是虛情假意，我有我的雷達探測器。

 # 探測器

即便是一件呼之欲出的事情，也該尊重當事人有選擇說與不說的權利。

尊重

「朋友也許是所有情感關係中，最為脆弱的一環。」我這樣說，一定很多人不認同，不久後，也一定會發生什麼事來考驗我這個想法的堅定度，但這就是我目前的體悟。

「另一半」關係到你會不會孤老一生，因此能否找到那個可以和你一同努力磨合的對象很重要；「親人」是唯一斬不斷的血緣關係，也是不論經過多少風雨，仍可能無條件支持你的後盾；只有「朋友」最可憐，許多人談戀愛後就不再找朋友，失戀卻需要朋友來安慰，有的甚至在找到更投緣的新朋友後，神不知鬼不覺把舊的拋棄。因為

朋友沒有血緣牽絆，更不是未來非有他才能活，所以若無法找到相處平衡點，即使幾週前很開心，在瞬間化為烏有也不足為奇。保險廣告：朋友是所有情感關係中，最「沒保障」的一環！

我最討厭的情況，是吃朋友的醋，不管吃人或被吃（覺得誰沒一視同仁之類）都很頭痛，或現實層面考量（例如以前對你很壞的人，因利益突然改變相處態度；失聯很久，好像沒你也無所謂的人，某天寂寞突然又回頭找你），我想你能認同：會思考利益關係的人，就不算是朋友！但牽扯到利益就注定醜惡嗎？看看身邊朋友，你喜歡的，身上必定都有吸引你的特質，正因為那些特質有趣，才想要有所「聯繫」，所以我認為就算為了利益，也是能理解的一件事——人不為己天誅地滅，古人所言甚是。

但也因為如此，我傾向認定朋友是所有關係中最脆弱、沒保障也最現實的一環。誰不希望找到一直相處融洽的朋友？但我有過被背叛的經驗，因此慢慢覺得，就算哪天朋友突然消失了，好像也不奇怪。如果你想和我交朋友，我不會拒你於千里之外，只是，如果哪天我發現你不那麼需要我了，我離開的速度會比你還快。

對於要近卻不能比「另一半」近，要親又不能如「親人」那麼親的「朋友」，聯絡感情和拿捏分寸本來就不是簡單的事情，家庭是維他命，愛如氧氣，友情則像調味料，沒他或許少了點滋味，看淡點吃下去，仍能活下去。

你有朋友嗎

不為旁人的小動作感到難過或生氣，因為那只會讓對方稱心如意；
心中沒有愛的人，不值得任何人為他停留。

不停留

冷漠、失信、遺忘……當重視的人出現這些徵狀,雖然難受,卻反而感謝即時意識到對方不是對的人,可以將時間花在別的地方了。

 # 別忽視那些徵兆

在「好朋友連結」裡的就是朋友嗎？

不在連結裡的就不是朋友嗎？

講話滔滔不絕的就是朋友嗎？

會冷場乾笑的就不算是朋友嗎？

久未聯絡的人還算是朋友嗎？

最近常講話的就是朋友嗎？

一旦分享了祕密，太久沒更新祕密就不是朋友了嗎？

如果不說祕密的話呢？

已讀不回就不是朋友嗎？

常看對方動態但什麼都不說也算朋友嗎？

 # 朋友其實不用想那麼多

言語中傷是利刃。

謠言的散布是槍砲。

不信任的猜疑是地雷。

你溫柔的謊言像麻醉劑，我擠出的微笑是煙霧彈。

冷戰

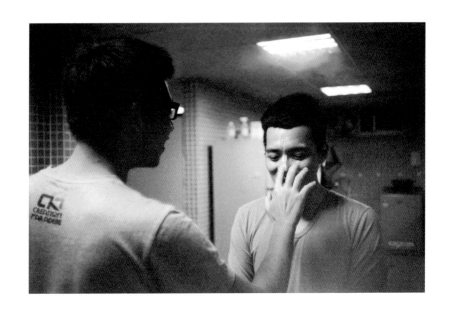

有時情緒一來，不小心就傷到最重視的人。其實，「脫序」的原意並不是刻意想將事情提升到戲劇化境界，只是因為兩人的「心」一度非常遙遠，才想借助那些行為和言語請對方「聆聽」，雖然收尾的方式跟原先預想有一大段距離，但彼此都各退一步就是成長。

至少我們學會了

言語是有穿透力的，而心則很柔軟，讓人受傷的話，應該少說。

＃開口前想一想

如果我們偶爾都會在深夜感覺到自己的渺小和不安、討厭自己一個人、想被人喜歡，那就證明即使我們的價值觀有多麼不一樣，到頭來，「心」還是一樣的。所以在與人接觸溝通時，都要小心自己的言語和行為，盡可能保持禮貌和理性，不要傷害到跟你一樣的「心」。

一樣

關心如果不付諸行動，對方可能永遠都不會知道，但就差那麼一點
力量，也許可以拯救一個人。

關心

我是一個不太會說「不」的人，也不知道為什麼會這樣，當受到委託的時候，常因為怕對方失望、難過或生氣，不好意思拒絕而答應，卻也往往因此將自己推進麻煩的深淵。因為答應別人的事，就一定要努力做到，但我是不是真的「想要」答應？或是怕拒絕對方後、引發不好結果「勉強」答應？兩者之間有差別，久而久之，就變成一個矛盾壓抑的人。

不管怎麼樣，每個人都該堅持一些原則，那也是構成自身價值觀的要素，若因為怕被對方討厭，而一再去調整原則，甚至連溝通的勇氣也沒有，不顧一切迎合對方，等不樂見的結局發生時，又無法心平氣和接受，那樣的自己絕不能算是好人，與對方的關係也不是健康的關係。

順著心說出想法吧，對方能否理解，並不是你該承受的範圍，因為懂你的人，自然會懂，不懂的，也不用勉強對方去懂。只是，以後在答應任何一件事之前，都要謹慎考慮，以免臨時更改決定，害對方空歡喜一場，那就真的很糟糕了。

被討厭的勇氣

你不可能顧全所有人的感受，你越是想要那麼做，就越失去自己；
你不可能要求所有人如何看你，你越想要那麼做，就越不像自己。

自己的戰爭

有時以為這樣做會讓甲開心，沒想到反而讓乙不開心；好不容易做
到以為甲、乙都開心，丙卻不開心了。學習到無法讓所有人都開
心，即便是自己認為最好的決定也一樣。

不刻意討好

我討厭傷心，也怕人傷心。以前想要洗照片給身邊幾個好朋友，卻想到遞出照片時，可能會讓周遭沒拿到的乾瞪眼，於是選擇洗給團體中的每一個人，為的就是不想有人傷心，因為我知道被忽略的感受。結果卻把自己搞得好累，不想讓人傷心，到頭來卻傷到自己。

因此現在慢慢學習拿捏了，不再那麼拚命，對真正在乎自己的人友善就好了，儘管性格習慣先對喜歡的人們示好，但也要設定一條底線——要觀察情況、踩煞車；那些表面上說一套，私下對人又是另一套的，以及輕浮的花蝴蝶，並不是值得深交和喜歡的人。把眼睛擦亮，別再輕易浪費，珍貴的真心不該換來傷心。

 # 真心換傷心

逐漸習慣與人保持禮貌簡單的關係,因為明白越是黏膩的關係,最後越容易以歪曲的方式結束。常言道:君子之交淡如水,還是有那麼點道理。

 # 距離的美感我喜歡

珍惜和不同時期朋友一起聚餐的時光，儘管不能確定明年還會不會
見面，但此刻他們確實是我的好友。就算每一年都有想見的人沒見
到，甚至在忙碌中和某些人失聯，但「我們曾出現在彼此人生一段
時間」這件事，仍是最重要也無法抹滅的一件事。

 # 聚餐

人因為「交換祕密」獲得彼此信任，也因為「知道真相」而失去信任。儘管如此，還是無法停止祈求：別讓一切努力付諸流水。

 # 攤牌

就算結局會傷心，也無法放棄與人建立關係。

 # 無法抵抗

如果總是把別人想得很壞，也許壞的其實是自己的心。

 # 水鏡

人是可以改變的。即便說出不該說的話，傷害了人，度過最黑暗的一天，也可以將這天當成教訓，只要決心以後不再做同樣的事情，不用同一種方式繼續糟糕下去，就算是完全沒有轉機的一天，從未來的角度去看，都會變得意義非凡。

教訓

努力維持好心情，告訴自己，只要勇氣、樂觀、理性這三樣東西齊備，不管走到哪都不怕。但我發現，除了靠自己努力外，旁人做的事和言語若時常散播負面能量，也會帶來不好的影響；抱怨和傷心非但不能解決問題，還會影響你下決定時的後果與健康，甚至是周遭的人，久而久之變成更不快樂的人，一點好處也沒有。

 # 慎選朋友

每個人都有煩惱，有時會因為旁人的不理解而受傷，或因為最重視的那個人不如預想中成熟而失望。但在這條路上，其實什麼都準備好了：因為有人討厭你，所以也有人愛你。

當感官開始麻痺時，試著再懷抱一次信念看看，也許那些事情會發生，不是沒有理由；因為支撐得住，所以才發生在我們身上。

 # 最好的都已發生在你身上

每過一段時間，生活中的人事物就會重新洗牌，得失如陰陽，維持奇妙平衡。就算當下無奈，也從不沮喪太久，我知道谷底總會有張彈簧床在那裡等我，也知道傷人者往往會後悔。

不怕失去，唯有歸零才能輕快前進！

 # 質量守恆定律

02 ｜愛情

那些為愛做的傻事

轟轟烈烈的事在身邊發生著，轟轟烈烈的愛，誰談得起？

因為犧牲了那個，所以得到了這個。因為擁有了這個，所以拿不起那個。

過去我一直都相信，太幸福會遭天譴，所以為了不讓世界失衡，覺得認命過這種生活也很好。

然而，沒人可以缺乏那個活下去；即使會讓世界失衡，也得不顧一切拿起那個。

愛

下課後跟老師和幾位同學在教室裡討論感情事。據說，有很多夫妻雖然結了婚，但他們身邊的另一半都不是「此生最愛的人」。究竟是什麼原因無法與「此生最愛」在一起？大家一定都有段故事吧。於是我想到，很久以前聽說過，每個人一生中都會遇見三種人——你最愛的人、最愛你的人，還有最終陪在你身邊的人。

換句話說，「無法與此生最愛在一起」的論調或許是成立的？想到這裡，就覺得悲傷。也許最終在一起的原因並不是真愛，而是一種向命運妥協的「退而求其次」？也有可能所謂的「此生最愛」，正是因為無法在一起、沒有認識到對方最真實的那一面，因而在心中留下了美好想像，變成了最愛和遺憾……

你最愛的人、最愛你的人、最終陪在你身邊的人，你遇見了幾個？又，你真的知道自己已經遇見了嗎？好希望每個人都可以和「此生最愛」在一起，而有伴侶的人，即使現在不是最愛，將來也要成為最愛。

關於愛的三個人

　　愛有各種形式，有的時候，愛不被旁人祝福，甚至無法理解……
然而，每個人在找到另一半之前，其實都一樣孤單；在找到另一
半之後，也都渴望得到其他人的祝福。那為什麼，我們還要處心
積慮成為別人的絆腳石呢？只要能找到對方，就是最值得慶賀的
事了！好好珍惜、守護這份愛，旁人的話聽聽就算了，你們擁有
彼此，不孤單。

 # 愛就是愛

我們想必是為了愛人才來到這世上，

然而也總是出其不意跌碎彼此的心。

心碎夏天

之前看到一篇文章，大意是說，年輕時期結束的戀愛，將會是往後人生一直在找尋的東西。我不知道是不是真的，如果是，總覺得是老天故意開的劣質玩笑。

但就算是逃不了的宿命，我也相信快樂永遠無法假裝，當下的感覺是最真實的。

勇敢去愛，勇敢離開，相信你會好好的。

 # 即使在風雨中也要保持微笑

是不是一次又一次讓機會溜走？可是每次待在那裡，空氣就不小心凝結了。這樣不行，我知道，但四肢就像被鋼釘固定般沉重。一直退縮的話，將會失去更多，時間不會等你，世界不會等你，幸福更不會等你。

為什麼和喜歡的人說話總是會卡卡

面對目標，你可以努力，但不能強求，因為打從一開始，他（她）就不是屬於你的東西。

看開

曾想綁住一個人，希望對方眼裡只有我，只跟我說話，只找我去玩，可是，那人身上畢竟是流浪狗的血液比較濃，牠只喜歡到處走走看看，偶爾對你搖尾巴，偶爾發瘋亂跑，偶爾又專心睡覺（沒發現你在為牠流眼淚）……貪心的狗，就是喜歡認識很多人、發自內心對大家友善，也希望能被同等對待。因為總是周旋在眾人之間，所以從不屬於任一人。

但是也別太悲觀呀，牠畢竟是狗，所以會記得你身上的氣味和通往你的每條路，牠還是會對你很不一樣。例如今天肚子翻過來給你摸，卻對隔壁的歐巴桑狂吠；明天早上在你家門口小便當禮物，下午又往隔壁的貓臉上又親又舔好幾下。牠就是會對你很不一樣，也對別人不一樣。

至此，也別以為你已摸透那隻狗了，哪天，當牠聞到想保護一輩子的人的氣味時，牠也會鼓起勇氣向那個人直奔而去，並且，站起來用爪子輕抱那個人的腳。牠希望，這個人可以為牠戴上獨一無二的頸圈，今後只為這個人搖尾巴、只讓他哈癢。

但是那個人，會不會是流浪漢？又會不會是個慈善家，一次養很多隻狗呢？那將是牠要面對的問題。你可以在一旁觀看，但別嘗試為牠套上尺寸不合的頸圈。

 # 貪心的狗

獨自一人吃晚飯，我在想，以後會不會一直是這樣吃飯？自由沒什麼不好，但有時也想找個人分享生活。明白了感情是沒有你我也能活得很好，但若能心心相印，我會更幸福。

告白

偶爾一個人很好，但不能太常。

 # lonely

寂寞的人特別容易喜歡上有大愛的人，因為分不清楚那些好意是針對自己，還是所有人。

#別對寂寞太好

有時你以為領到了通往永恆幸福的入場票，但也可能只是（沒有任何保障的）體驗券。

何時才能成為頂級 VIP

盡力了以後，與你擦身而過的終究不是錯過，只是不那麼適合而已。

 # 學會釋懷

不論你是否察覺，「感覺」從未靜止流動過，像河水，像雲霧，像星球移動的速度。

若因為「曾一起經歷過很多，所以今後也必須一起經歷下去」，為做而做、失去喜悅的心情，我擔心有一天，我們會連「曾經」都一起葬送。

 # 情感包袱

一個值得你喜歡的人，應該不會常常讓你傷心、熱臉貼冷屁股；一個值得你喜歡的人，應該自信和禮貌兼備，有目標又謙遜；一個值得你喜歡的人，應該很溫柔吧？會主動關心你，不時給你驚喜……可是你所喜歡的人，卻總是無聲無息把一切推翻掉，幾年後才發現，你喜歡上的，原來是一個不認識的人，所以才總是沒人幫你擦眼淚。睜大眼睛看，那些可能是老天給的暗號──一個值得你喜歡的人，應該也同樣喜歡你才對！

我很不甘心，因為就算決定要放棄了，他也不知道自己錯過了什麼。

 # 值得你喜歡的人

我明白了一件事，世界上有些東西，不管多努力都得不到。

從對方口中蹦出的「希望你不要難過」，「我覺得自己很幸

運」依然迴盪腦海，我卻覺得長時間以來全心投入的自己都

成了沙子，只要風一吹就能消失無蹤。因為從前期待落空

時，剛好都是雨天，所以當稍後開始飄雨時，我也忍不住

想：果然最後還是下雨了。

#失戀

那棵你說為我買下的小房子，至今仍被遺忘在森林的邊緣。

我覺得，那並不是為了誰好，而是掩飾懷念的障眼法，所以

當你抽乾了湖水，棄置那根龜裂的金梯時，也很自然就忘記

它旁邊還有一棟小房子。

你不會再正眼凝眺那棵小房子，正如你從未興致勃勃地走進

裡面，它只是過時的和平條款，直到誰放了火，當你偶然再

看見那團焦黑物時，才會慢慢想起……很久很久以前，那裡

曾有個什麼。

#人性

假使每天至少認真想過兩次關於那個人的事，一年半下來也超過了一千次。抱歉，我正在成為那種遭受打擊就意志消沉的人，但就讓我徹底難過一下吧，因為，我從沒想過自己會這樣。以為可以很快就樂觀接受這一切，直到開始喃喃自語「我果然是智障」，甚至被朋友一再提醒「你瘦了」、「你好像一直在發呆」，才明白先前表現出的鎮定，等同被什麼撞到腦袋的短路狀態，暈眩後才感覺痛。

而一個人能將悲傷壓制到何種程度呢？我開始用自己做實驗。看喜劇——沒辦法投入地盡情大笑；經過喜歡的店——沒有想進去逛的衝動；吃東西——沒以前好吃；聽最喜歡的音樂——還是好聽，但跟自己無關……想做到你說的不改變任何東西，所以我努力做著跟以前一樣的事，然而房裡的燈，不知不覺就被關上了。

缺一塊的拼圖要如何恢復原貌？

你說的「不要難過」，其實就是一件最難過的事。

難過

一度認為是自己不好，即便在那個當下，對方反覆說「你很好」，但心意不能得到回應，就表示不管多好，對他而言其實都不夠好吧。

但又有誰「夠好」呢？回想從前，也有過因為沖昏頭而迷失的時候，從「單純」變成了「愚蠢」。所以，雖然當下有種被打了大叉叉的感覺，淪為被滯銷的產品，感到絕望，但終究是冷靜下來、停止自怨自艾了。

我還是很高興遇見了那個人，雖然遺憾，但我漸漸明白如果真是那麼喜歡，更不該勉強對方，反而要祝福他早日遇見能令他感到幸福的人，即便那個人不是我，也沒關係。

 # 是旅程讓我開心而非目的地

這世界上有些人，當他們對你抱有期待的時候，他會對你非常溫柔，但當達到目的，或發現自己永遠無法完成那份期待時，又變得異常冷淡。

曾經，他發誓會永遠陪著我，但當他拿走想要的東西後，就再也沒來找過我；另一個他，則是溫柔多到讓人快窒息，然而當他發現無法達成期待時，卻又抽離太快，我用肩膀支撐的那股力量在瞬間消失無蹤，於是像洩了氣的氣球般，在空中轉了好幾圈，最終筋疲力竭落地。

我們能怪誰？是你自己要對我溫柔，是我不小心讓溫柔走進生活中，所以我們都摔了一大跤。可是，卻仍無法不對下個人付出溫柔，不對下個人充滿期待。

希望我們都不是現實的人，得到想要的就不再珍惜；也不要是無情的人，得不到想要的就快步離開。誰都沒有權力將記憶裡的美好弄得支離破碎；瞬間抽離的動作，既非公平合理的自保，反而讓身旁的人感覺到你的溫柔來得快，去得更快。不但冷血，甚至廉價。

 # 溫柔的期限

退而求其次的愛不是愛，而是利用別人的熱情。

 # 你只愛自己

偶爾會瞥見蚊子對著鏡子裡的蟲體倒影衝撞，模樣悲哀又好笑。

會不會我們其實都一樣？一頭熱地向前衝，把自己看得不夠清楚，甚至誤以為找到理想的另一半，到頭來只是一場空？

朋友曾對我說：「有些作品真的只有在戀愛時才做得出來。」我懂，雖然我的感情沒得到回應，但透過化身蚊子時做出的作品，我也看見了迴異於平常的自己，只是那個自己並不是幻象，而是如酒精、藥物或事件作祟，誘發出的真實的自己。

 # 初戀童話

在心中吶喊著「結束」，直到結束翩然造訪，才明白原來是這樣的無力，這樣的痛。

 # 鐘響之時

原來一直以來的忍耐，最終都會像紙包不住火般，成為一意孤行。

對於那些「怎樣都無法放棄」的事，似乎還是順著心做最暢快，就算會受傷……因為不做也會忍出傷。

現在回想起來，才意識到自己有點拚過頭了，卻不感到後悔。

 # 亂七八糟

學習和悲傷和平共處的其中一步，是把那張會勾人回憶的 CD 拿出來聽。那張 CD，曾被我殘忍地丟到架子夾縫中。其實那是面對打擊時的惱羞反應，因極度羞愧而產生的反射行為，是逃避。冷靜之後，再次聆聽那張專輯，如此才是放下，幸運的話，還能一步步穩健走出去。

沒想到，以為漸入佳境的那晚，竟開始失眠、發燒，身體忽冷忽熱，反覆夢見自己朝著無限大的黑洞丟擲小石頭……以及在考場寫著和題目無關的方程式，得到最低分。一夜失眠三次，原來人陷入絕望時，不止心鬧彆扭，連身體都失去控制。

突然，有個小小的聲音說：「對自己負責」，還有「珍惜自己擁有」。今天會那麼難受，是因為一直想著得不到的，忘了身邊所擁有！如果再無止境地自憐、糟蹋身邊珍貴的一切，等將來回想此刻的自己時，鐵定會想揪他脖子吧。

「慢慢走，好好過。」身體聽見了這項決定，在黑暗時刻的最後一天，即便醒後還是繼續發燒，頭昏腦脹地忙進忙出……到了傍晚，燒竟也悄悄退了。

拼圖

春天遲到了，但他會來的。

 # 等春天

要再重新投入喜歡一個人並不容易，但我想讓感覺帶著自己走。不要有太多幻想，不給自己出太多難題，尤其在問題尚未發生以前。

 # 重新投入一段感情

難得也有桃花開的時候，

但發現自己變膽小了，

不確定還有沒有勇氣去認真喜歡一個人，

會不會就這樣錯過了對的人？

 # 別讓無法改變的過去影響你的未來

確定鬧翻的必定會再開口說話，發誓一輩子不變的兩人反而分離；
住最近的人遲到越久，先預約的最後執行；不相信愛情的人第一個
結婚，嚮往浪漫愛情的人最終不相信了。

命運的惡作劇是要幽默地告訴我們凡事沒有保證、沒有絕對；沒
有，沒有。

沒有絕對

人不是機器人，情感問題沒有一定公式可解，只要順著心去處理就好。

 # 解題

如果注定曲折，無法成為自己的勝利之劍，至少要成為輔助你、保
護你達成目標的劍鞘。

騎士

會想結婚的人是幸運且可愛的，因為他們真的相信世界上有幸福，並且
肯為之努力。親愛的朋友，乾杯！

 # 於朋友訂婚宴打卡

03 ｜夢想

哆啦 A 夢沒有給我竹蜻蜓，只好靠自己飛

發生美好的事情時，總是不自覺眉飛色舞，在家轉來轉去……當然我也清楚知道，以後一定還會再跌倒，沒有翅膀能夠一直飛，不碰到亂流，但有過那些經驗，我知道，翅膀能一次比一次更快平復好。

如果期待的事一直沒發生，那就自己創造看看吧！即使效果只有一丁點……決定後、努力過了至少沒有遺憾。

往前衝啊，就算撞得頭破血流也要往前衝！這樣做或許很傻，但老了以後至少不會躺在床上想：「要是那時候有試試看就好了……」

我不要遺憾。

往前衝

中午吃著三寶飯便當時轉到《旅遊生活頻道》，好久不見的帥氣主廚 Jamie Oliver 正在製作一道異常華麗的紅蘿蔔酪梨沙拉！哇咧，雖然三寶飯也很好吃，但不管怎麼催眠自己，切片香腸都不會變成紅蘿蔔，燒臘更不可能變成酪梨啊！這還沒完，沒想到緊接著下一集 Jamie 就出發到義大利參加當地的美食慶典！

我很喜歡 Jamie 在當集節目中說的一段話：「我喜歡做料理，那是我唯一會做的事，而且我最喜歡看到品嘗的人開心的表情，儘管有時候我也會把料理搞砸。」把料理換成畫畫，我也有相同的心情。

 # 捕夢者

就算知道跟誰接觸可以更快飛上天，但若心裡不想要，就別抄捷徑。

我想要坦坦蕩蕩、扎扎實實，一步一步走向前，就算旅途辛苦，學到的也都是我的。

不抄捷徑

「一定會再受傷嗎？」

「一定，而且會哭。」

一定會靜靜撫平傷口，就像沒發生過一樣。

所以也會攀上新高峰，可以做一個更美的夢。

 # 得失

要再變得更堅強才行！因為每個階段都在引導我們走向更真實的世界，如果在這裡就逃跑了，將來要如何面對更巨大的悲傷和快樂呢？

孩子之所以可憐，是因為他擁有的世界就是那麼小，一點點的難過很輕易就變成大大的全部；大人之所以可憐，是因為他知道世界太大了，沒人能擁有全部；而卡在中間的我之所以可憐，是因為還在探索距離和航向。

羅盤咻嚕嚕打轉，不知該進該退？還要走多遠？還能撐多久？

航向

這不是一件簡單的事，不是好走的路，甚至，置身在五里霧中……
但就算這樣，我也想繼續，不輕言放棄。所以，當我很努力地想把
事情做好時，能不能給我信心？別一直說「這很難」、「這樣會吃
虧」、「或許會白忙一場」這種負面話？

明白出發點其實是關心，但我也不是沒思考就行動的人，只是需要
一點信心和力量，讓從不打算逃跑的我，能站得更穩。

請當我的後盾

那些不小心抓得太緊的人事物，不過就是生命中的一天，甚至是瞬間而已。或許就是因為知道這一點，才會那麼沒有安全感地前進吧？但願我不是一隻團團轉忙到死的螞蟻。

 # 前進的理由

每個人都會在迷宮裡找到最安心的走法，不一定需要出口，但堅定的，就會比別人多走一些路。

儘管偶爾怨嘆「樂極生悲」不該像定律般反覆發生，但我也相信大家都會變得越來越有肩膀。

想要洪荒之力女孩那樣寬闊的肩膀

偶爾聽見人說「你好幸運，真羨慕你靠畫畫就能賺錢」的發言時，都會稍稍一驚，擔心對方沒看到背後堅硬又困難的部分，只看見穿過篩子落下的細小獎賞。

夢想這條路走來從不簡單，只是經過一段時間後，遇上麻煩時，已慢慢從抱怨轉變成告訴自己深吸一口氣：「這是一場試煉，正因為如此不易，等最後順利畫出來時，才會明白喜悅的可貴，進而珍惜。」

而我也從那些吃完早餐便坐在桌前工作的日子發現，這不正是內心曾渴望的人生？我是 soho，一人工作，再正常也不過。雖然自言自語的狀況有嚴重化趨向，但我可以將音樂轉得很大聲，可以不修邊幅地和顏料一起打滾……還有，在我身上，也悄悄背負了一些很想這麼做、但暫且不能如願的人的期待。所以更不能放棄，即便這始終不是件簡單的事。

使命感

以前認為所謂成功，是得到哪位偶像或大獎的肯定，以及世界上有多少人說你行，後來慢慢發現，就算有很多人說你行，得到珍貴機會，如果不小心，還是有可能失去。而就算獲得肯定，慶祝也只有那麼一天，之後又要繼續前進，並非接近「成功」以後，就能賴在原地，不再往前走。

停滯和退後很容易，但往上爬就是非常困難的一件事——那天看完奧斯卡頒獎典禮之後，我不禁有此感受。頂尖的舞台、設計、團隊和表演，連台下坐的都是大明星，若有機會上台致詞，你能說出哪些值得大家聽的話嗎？又，你能確定說出來的話，對每個人來說都很悅耳嗎？

也許一個人的成功與否，只有在生命終結的那天，才能由這世界剩下的人去評斷，但那又如何？思考很久後，修正了方向，我仍不放棄追求那些肯定，但心態上更清楚自己想傳遞的是什麼。我還是要繼續畫很多很喜歡的圖，就算沒有太多人喜歡也不停止，用所有作品發聲，證明「我仍在這裡」。

摘星星

生命如此奇妙，明明就快崩潰，想要的東西還遲遲不出現；但當真的看開了，覺得成敗也無所謂時，渴求的東西卻又會瞬間在眼前發生。

物極必反原理

每次下雨，都感覺好像要發生什麼事情，例如一些生命中的重要轉折。《令人討厭的松子的一生》裡，松子說：「討厭雨天，雨天沒有好的回憶。」我認同那句台詞，因為對我而言，雨天確實沒什麼太好的回憶，特別是下大雨時。

例如國小畢業前，爸爸陪我去考某國中美術班，印象很深刻，最後一項考科是素描，我和一位女考生一起用心畫到最後一刻，在大雨中同時離開考場，但我們都沒考上；例如高中的夏季暴雨，進教室後，全班同學把溼透的鞋子襪子脫起來，赤腳踩在報紙上度過當天課程，四周飄散著詭異的氣味⋯⋯；例如大二夏天，我拿著被（二度）退稿的作品到（第三間）出版社投稿，回家路上又是一場

新身分新命運

那 不 勒 斯 故 事 2

Storia de

nuovo

cognor

— to

如今我已在那不勒斯之外的地方
有了自己的人生，
卻還是覺得命運在操縱我，
捉弄我。

Elena Ferrante

艾琳娜·斐蘭德　　李靜宜——譯

沒什麼事是喝一碗奶茶不能解決的……

旅行是終究會離開的到訪，生活不是
田野則像一場很長的旅行，但必須以生活體驗

「我學習人類學家帶著一些預設和想像進入陌生的地方，而實際狀況往往與想像完全吻合，甚至更多是全盤推翻，只能重新來過，而重啓的過程中，唯有將自己縮得很小很小，才有可能獲得更大的空間——學習和獲得知識的空間。」

在台灣她是原住民，在中國她是「台胞」，在新疆、甘肅她是「北京人」……一個女孩在中國的三年之旅，順應「人類學研究生」身份，以田野調查的心態走進這裡的每一天，通過日常生活體驗，試圖做個「當地人」，然而當外來者的界線開始變得模糊，好不容易建立的認知，以及攜帶在身上作爲台灣人的固有思考，卻往往又是處處碰壁的「偏見地圖」。

「北京來的」研究生？或是「台灣姑娘」？得到的會是兩種不一樣的對待眼光和互動模式，那麼，我究竟是誰？作者藉人類學的研究面向，透過語言、飲食、時間、移動、家鄉以及差異，觀察田野上的自己以及遭逢的種種窘境、衝突，不僅印證、反思所學，更是一次拋開書本、知識之外的壯遊。

作者以「沒什麼事是喝一碗奶茶不能解決的，如果有，喝兩碗。」一文，獲2016年網路平台「芭樂人類學」舉辦「第一屆芭樂籽大賞」首獎「金芭樂」。該文引起廣大的轉貼，以及網友熱烈迴響，「作爲一個新疆人，我被你眞誠的記述所感動，能這般白描新疆不同文化背景的人群，可見你人類學者的素質。謝謝你做的事情，希望你從中找到快樂。新疆需要這　的記述。」「用日常生活中的事件堆疊出奶茶的重要和所佔的文化份量，無論是閱讀或想像都是令人神往的體驗。眞想來一碗奶茶。」「看完我也想去田野。」

作者 梁瑜

台灣大學政治系、北京大學社會學人類學研究所畢業。高雄茂林的魯凱族，母親是漢人。在新疆做過研究之後發展出對文化複合地帶的興趣，覺得混雜就是美。把自己當作接收異文化的媒介，也把自己看作他者來觀察。以「沒什麼事是喝一碗奶茶不能解決的，如果有，喝兩碗」一文，獲2016年台灣社群網站「芭樂人類學」第一屆芭樂籽大賞首獎「金芭樂」。

定價280元

尋找心裡的永恆陽光

圖文雙重的溫暖，保留溫度的膠卷攝影作品X搭配細膩貼心的思考文字
年輕創作者的自我追尋之路，找到一種方式接納自己的不完美

我們處在一個多元比較的社會，從小到大各種事情都被拿來比較，常常不小心就卡在別人看起來不大不小，但自己卻怎麼也過不去的關卡。卡關的日子好像看不到盡頭，要怎樣才能破關走向下一階段呢？

kowei身為創作者、設計者、插畫家，在創作的路程必須得面對不斷自我的挖掘；決定成為專職創業者的決定，也在追求穩定工作的社會價值上引起議論。面對自我的提問以他人的探尋，kowei在持續創作時也在個人網站上與讀者分享他面對種種生活挑戰的回應，思考怎樣才是與自我相處的適宜方式。

kowei會這麼期許自己面對不確定：
如果想相信吸引力法則，首先要戒除的就是收看每日星座預言和算命。為什麼要別人先告訴你「今天會是美好的一天」，才能保持樂觀呢?又為什麼要讓別人說「你今天會過得很糟」，硬是撲滅好心情了？如果依賴「預言」，將只是他人劇本裡的傀儡，而不是自己人生的主角。

本書中kowei也同時發表了多年來的攝影作品，以傳統的膠卷軟片與相紙，搭配他自我追尋思考的文字。他的影像就像是他觀察世界與觀察自己的角度，一張張追尋自我的凝視，一張張尋找內在陽光的展望，影像與文字呼應，讓自我理解的過程存在抽象思考，也存在於日常的探索之中。

作者 kowei
1984年生於台北。畢業於實踐大學時尚與媒體設計研究所。
著有《看不見的光》、《假面國的奇蹟》與《初戀童話～Toma & Choco~》，體裁囊括繪本、小說、漫畫、散文等。作品曾獲誠品書店推薦，行政院新聞局選為優良讀物，入圍第36屆金鼎獎。曾為台北捷運設計裝置藝術，擔任眾多企業形象插畫，舉辦講座和海內外展覽。2016年受日本觀光局之邀，前往東京、東北旅行，透過攝影和文字分享眼中風景。現今網路連載新作《小物》，於VOGUE Taiwan、關鍵評論網寫專欄，並在銘傳大學商業設計系授課。

定價380元

四百歲的睡鯊與深藍色的節奏

在四季的海洋上,從小艇捕捉鯊魚的大冒險
娓娓道來挪威的海洋文化、歷史傳說,與令人驚嘆的海洋生態

2015年挪威伯瑞格文學獎 (挪威最重要的文學大獎)
2015年挪威文學評論獎
2016年羅浮敦國際文學節挪威雷納峽灣獎

莊守正 (國立臺灣海洋大學、環境生物與漁業科學學系教授)、邵
廣昭 (國立臺灣海洋大學講座教授)、張卉君 (黑潮海洋文教基金
會執行長)、廖鴻基 (作家) 聯名推薦

就在我被帶入黑暗之際,我覺得一切都完了;我不可
能與這樣的水壓對抗,氧氣的消耗量比預想的還要
快。周遭陷入一片黑暗時,各種千奇百怪的生物開始
對著我眨眼。

兩名男子,搭乘一隻小艇出海;海面下,一頭巨
獸正窺視著他們。巨獸的名字叫格陵蘭睡鯊,是
生活在挪威羅浮敦島深水海域裡的巨鯊,平均年齡為兩百歲。讓睡鯊惡名
昭彰的不僅是牠的龐大體積,還有其含毒的肉質,使人吃了後出現幻覺、腳
步蹣跚,陷入瘋癲狀態。鮮少有人親眼目睹這神祕的睡鯊,作者和友人深深
被睡鯊所「迷醉」,展開了捕鯊行動。冒險過程中,他們不只要懂得如何
捕鯊,也要克服海洋難以預知的狀況,包括地球上最大的漩渦。作者還企圖
從不同角度:生態、歷史、文學、科學、詩歌、傳說與神話,去了解這片海
洋、去感受其四季不同的生命節奏。

捕鯊只是藉口,提醒我們許許多多存在於深海裡被遺忘或未知的名字,也許
才是真正的目的。人類主宰了海中的魚、空中的飛禽、地面上爬行的動物。
在所有大滅絕事件中,海洋都扮演關鍵角色。海洋中的進程與循環是如此緩
慢,以至於真正的問題浮現時,要想補救已經時不我予。沒了人類,海洋還
是會過得好好的;沒有了海洋,人類的生存就無以為繼了。

作者摩頓・史托克奈斯 (Morten Strøksnes)
1965年生於挪威極北部的希爾克內斯 (Kirkenes),現居奧斯陸。為觀念史學者、新
聞記者、攝影師與作家。於2006年出版《北挪威動態》(Hva skjer i Nord-Norge?),
2010年出版《剛果謀殺案》(Et mord i Kongo)。他因為上述兩部著作,及其新聞
報導與專欄,於2011年獲頒特優書面挪威語的語言著作獎。《剛果謀殺案》進一
步獲提名角逐挪威文學獎基金會所設立、用於獎勵新進出版文學著作的伯瑞格獎
(Brageprisen)。於2012年出版《龍舌蘭酒日記》(Tequiladagbøkene),描述位於墨
西哥馬德雷山脈,毒梟進行火併的戰場。

定價380元

暴雨，等了漫長幾個月，接獲三度投稿失敗的噩耗；例如第一次車禍，過馬路被急轉彎的休旅車撞倒，也是下雨天；還有告白那天，當心臟被人撕裂時，天空戲劇化地飄起雨⋯⋯「討厭雨天，雨天沒有好的回憶。」

可是，事情總沒有絕對。因為美術班落榜，畫畫撰文才能變成我排解課業壓力的方式；因為教室裡，同學一起赤腳的荒唐景象，青春回憶又添加一筆；因為投稿失敗，知道自己的不足才能再進步；雖然被車撞而委屈地哭了，我竟奇蹟似地，只在左腳些微瘀傷；因為被踐踏，我才能更堅韌地活。

雨天也不全是難過的回憶，我最喜歡的那場雨，下在最灰色的國中時期：某次體育課，剛做完熱身運動，操場起跑，天空就降下西北雨！措手不及，誰也沒中途折返，全班一起仰著頭，一邊大叫又大笑跑完一圈操場才回教室；媽媽陪我去推甄「銘傳商設」那天，回家時天空也下起雨，我皺眉對媽媽說：「我有不好的預感，國小考美術班的時候也是這樣⋯⋯」沒想到竟錄取了。「沒有絕對」呀。

只是，下雨時，水花四濺，包包鞋子和褲管都會濕濕的，台北街道凹凸不平，汽車又橫衝直撞，便感到不安。那一天，我衣著整齊，帶著成長緩慢的新作品去出版社，正巧碰上剛開始的梅雨季，明明前一日還是大晴天，當天卻下大雨，於是我又忍不住開始猜想，這場暴雨，將會告訴我什麼訊息？

 # 雨天的點點滴滴

這條蜿蜒小路，布滿沒長眼的荊棘，偶爾也有稀奇花朵和果樹；因為是自己選擇的路，所以得為一切風險負責，但當眼前出現美景時，我會知道那不是僥倖發現的捷徑，而是用這雙手為自己打造的禮物。

走著走著。摔倒。爬起來了。歪歪斜斜走著。然後，乘風起跑。

半路上

關於理想與現實的差別，以及一些無法預料、不可抵抗之因素。

假設 A 灌錄十首歌，卻沒有唱片公司替他發行，A 會被承認是歌手嗎？B 幸運發行了一張專輯，卻銷售不佳、被滯銷，能算是歌手嗎？如果 C 成功推出一張專輯，並且賣得嚇嚇叫，他就是歌手了？ABC 的微妙差別，原來建立在「被人肯定」之上嗎？

明明都花了力氣，卻有完全不一樣的結果，若說 C 完全沒靠一丁點運氣，應該也沒人相信，但 A、B 又需要多少運氣、獲得多少肯定，才能算「合格」呢？

一切都是人說的

不論哪一時期，總會有人跟我說「這樣不行」、「相信我，那樣才對」、「如果不那樣做，別人不會理你」、「等著後悔吧」，但我還是跟隨直覺，走想走的路，結果發現前人所說的不一定都對。

今天我也依然不迷信「常規」，多數時候走「ko規」，你何不也創造你的規？

 # 不是蔡闆

通往目標的路不一定是直的，有時拐個彎反而能看到更好的風景。
而只要不忘記目標，說不定路有天就會接在一起，停止鑽牛角尖，
你的字典裡沒有放棄。

#鬥士

只有自己才明白是否達到每次行動前的預設目標，而發自內心喜愛的作品，是不會因為誰不認同就變心的。

 # 真愛存在創作者和作品之間

雖然努力播種不一定能歡呼收割，但不努力的人，絕不可能歡呼收割。

 # 果然還是只能努力

偶爾被回憶驚動一下也好，它換來審視自己的機會。

 # 原來走了這麼遠

總是告訴自己「忙完這波一定要好好休息、放大假」，結果卻是一波接一波。其實也沒人逼我，純粹手癢攔下這一切，寧可累一點，也不放棄磨練的機會，既然決定了，就不該抱怨！只是，雖然希望有響亮加油聲加持，「加油」卻也成為最怕聽見的字眼，因為我覺得自己已經加了非常非常多油了。

想起前陣子在日本朋友臉書上讀到的文字，他說現在都不會再對人說「加油」，因為「加油」彷彿不了解對方所經歷的辛勞，硬是強迫對方「走過去」，有那麼點輕忽事情的難度。

我懂他的意思，也明白多數人說「加油」時，絕非以強迫口吻影響對方的人生，只是「加油」這個詞，有時還真是挺沉重的。但若要把那麼簡短的口號改為「雖然我並不了解你經歷過什麼，現在又面臨多大的挑戰，但我還是支持你的一切決定，你辛苦了！」又有點落落長。做人很難，說話很難，訓練心的強度也很難……似乎真的只能「加油」呢。

 # 加油之囚

加油「樂活」，加油「慢活」。

 # 加油的方向

世界上充滿各種人，有的喜歡你，有的不懷好意，但無論如何，都改變不了「你我皆是獨一無二個體」的事實。所以沒有標準規章，那只是「暫時迎合多數人」的過渡條款。

你該做的是前進、和自己賽跑、超越！幸運的話，有天就能成為特例，改變規則，幫助喜歡的人一起向前跑，並且將不懷好意者遠遠拋在身後。有一天他會發現，當初沒好好珍惜你是無法挽回的錯誤，你必須實現那樣的未來。和自己賽跑。

 # 自己的跑道

不去面對挑戰的話，就不知道自己的極限在哪——當然，發現「極限」時，是痛不欲生的，但「會痛」，就表示「還不想放棄」，而那或許是「變強」的開始。所以，雖然偶爾覺得累，想說點喪氣話，但最終還是選擇正視困難，說打氣話。

比起天降奇蹟，我更相信是努力換來福氣。

 # 今天的我沒有極限

對大部分的人而言，「活著」是一段證明自己的過程，親手為心靈
和肢體塑形，捏出被他人接受、自己也滿意的模樣，不停風乾龜裂、
反覆修正……然而我更希望那是一段可以「樂在其中」的過程。

樂活

夢想需要時間來實現，一直都知道還有進步空間，所以根本沒有時
間去恐懼，去想放棄，反而，要盡可能享受在每個追夢的時刻裡。

沒時間恐懼

發現理想和現實的差距時當然很失望，但還是告訴自己「撐下去」，繼續努力的話，總有一天會輪到我吧！

#永不放棄

失望也好，傷心也罷，至少我離明天的自己又更近了一步。

怎樣都是前進

專心做一件事……例如，彈奏樂器，不管自己清不清楚有多喜歡，或者，就算發現自己不是全宇宙最喜歡彈的那個人也沒關係。只要真正喜歡這件事情，就有去做的價值，而且，你也可能在過程中，慢慢把這件事變得越來越喜歡！

 # 越來越喜歡

想念童年時期自由畫畫的感覺，不用拘泥哪個動作角度比例對不對，長大後多了好多束縛，光影線條構圖配色都要求精準，最終印刷結果大走樣又再次崩潰⋯⋯我想念沒有太多眉眉角角的時期，不勉強自己去畫，不特意為畫而畫，才能保持畫畫是一件「開心」的事情。

能恣意的去畫一幅畫，才是好的藝術家。

純粹

或許年輕時就要多受點苦，多體驗失望的滋味，這樣老了以後就會覺得世界上再也沒有什麼可以傷害你了。

失望但不絕望，因為我曾努力做過夢。

甘願為夢受一點傷

希望你也能找出一件自己真正喜歡的事情，努力把它做好。並不是做喜歡的事就一定會成功，事實上，把喜歡的事情當成工作，達不到自己的要求時會更悲憤，甚至可能抹滅最初的熱情。

之所以必須找出喜歡的事情，是因為如果做的不是最喜歡的工作，遇到困難便容易想「放棄」，所以才要找出最喜歡的事，努力將它做到最好。同時「莫忘初心」，工作才有意義。

 # 獏望初星

一個人今日的模樣取決於三年前下的決定，

為了三年後更好的自己，

加油吧！

 # 三年之約

如果真的很喜歡，就要咬牙忍耐去面對，證明那些不看好你的人錯了。

 # 撐住

當一個快樂的消費者，也當一個快樂的生產者。

 # 買賣

做夢吧！
做一個很大很大的夢，但你的努力也得跟上做夢的速度才行。

 # NeverStopDreaming!

04 ｜社會

用充滿好奇的眼光看世界

其實你早已準備好要面對社會，你一直都知道如何應對和進退。
唯一的任務是長保赤子之心──用充滿好奇的眼光看世界。

突然之間，「醫美」開始流行，不怕哪天臉上產生小細紋，只要打幾針，立刻年輕十來歲。雖然如此容易，卻使我覺得一個有缺陷的人，若不靠化妝和整形遮瑕，坦然面對每天的生活，該是多麼勇敢的一件事！

畢竟在肉眼看不見的地方，每個人都有一顆用力跳動的心臟。

只要睡飽就很美

每當災難發生，出現募款節目的時候，我總是看得有點鬱卒，募款的基礎該是誠心，但主持人卻只撐大耳朵想聽 call in 進來的名人要掏多少錢。他們驚呼著、價格攀升著、時間流逝著，就像購物頻道。

這樣的發言或許會被歸類為冷血吧，為救難而解囊，不就是募款活動該有的樣貌嗎？但難道不捐錢和物資就等於小氣絕情？不一起換臉書頭貼就表示漠不關心？迫切性急救固然是必需且刻不容緩的，但我們也不能忘了──關心有許多種形式，傷心也有很多種樣子。還有，並非不照多數人的方式行動就表示不在乎。

想呼籲朋友多關心身邊的人，並且，最好不是只當新聞媒體有報導時才做，因為災難和不公平的事每天都在發生，而我們能為世界付出的方式有很多種。就算不是立即見效，那份力量也不能輕易定論。

傷痛之後平復之前

　　如果不是歡笑的時機，就不要笑，更別沒哭卻假裝有哭過；
慈悲不是用「演」的，少了感同身受，只會讓同情心變廉價。

 # 同情心不等於同理心

如果想相信吸引力法則，首先要戒除的就是收看每日星座預言和算命。因為吸引力法則告訴你的，是保持正向思考，但星座算命卻會影響思考。

為什麼要別人先告訴你「今天會是美好的一天」，才能保持樂觀呢？又為什麼要讓別人說「你今天會過得很糟」，硬是撲滅好心情？

如果依賴「預言」，將只是他人劇本裡的傀儡，而不是自己人生的主角。

 # 預言

中華職棒驚傳打假球事件，週日那天，球迷舉辦了聲援兄弟象的遊行活動，當記者拿著麥克風訪問兩位國小男生的看法時，其中一位嚴肅回應道：「反正你就認真投球就對了，不管別人給你一千元、一百元，都不要聽，不然會被警察抓走！」

一千元？一百元？被警察抓走……唔，實際金額可能是一千萬和一百萬啊！雖然一百元和一千元對他們而言就等於大數目了（無法想像更大數目），但因為小男生用非常認真、了解的表情對旁邊朋友說，於是我忍不住在電視前哭笑不得好一陣子。

純真

「憎恨」許多時候是因誤解而起。當我們被人踩到地雷，或對方剛好擁有你渴望的一切時，就算人人心裡都期待獲得肯定，卻也可能立刻化為對方的「阻力」。一如當我們評斷電視上的人物，其實也無意間扮演著「不懂尊重他人」的角色，不懂對方經歷的人生故事，不明白他的做事動機，全憑主觀印象決定喜不喜歡，完全忘了自己其實也很討厭那些胡亂批評的人。如果對方真的冒犯了你、傷害過你，「討厭」便合情合理；但若是不認識的人，討厭就沒道理。

試著回想目前為止最討厭的那個人（沒交集的同儕或看不順眼的明星），誠心誠意的對你說：「其實我真的很想當你的好朋友。」而他確實沒有傷害過你，這時你還會堅持討厭他嗎？在舞台上唱著口水歌的明星，你覺得他真的完全不努力？唱什麼歌也許不是由他決定，而是公司的決策，他也許跟你一樣，覺得那些歌不好聽，但這就是現階段所能唱的，這是千載難逢的機會，他怎會不想努力做好呢？想想看，如果那位歌手是你身邊最好的朋友，也許你會開始覺得他背負的一切很不簡單。

人因為缺乏安全感，而無意識消磨著可貴的同理心，誰不希望被友善對待？當腦中胡亂浮現「討厭」的想法時，請先試著思考，如果你知道那個人的故事，如果他是你最要好的朋友，你還會下同樣的決定嗎？

遠離成見

那些被界定為「做壞事」的人，未必都只有「壞」一個字能涵蓋。

 # 人是立體的

看到歌唱比賽的選手，因謊報年齡而被取消資格的新聞，我了解每場遊戲都有它的規則，卻有點納悶為什麼「年齡」會成為比賽的一道門檻？

難道人的實力注定和年齡成正比增長？或年長者勢必會對年幼者構成威脅？體育競賽依年齡分組以求肉體發展程度上的公平，但歌唱比賽用年齡區分的意義在哪？當比賽限制 23 歲以下報名，即等於「淘汰」24 歲以上的人了，但 24 歲的人，難道就不能再追求夢想了嗎？超過 24 歲的臉，會老到令觀眾生厭嗎？

不該是這樣，絕不是這樣。人，不管 14 歲、34 歲、54 歲、74 歲……都可以追隨夢想。

 # 薑是老的辣

下樓領掛號時，遇見好久不見的鄰居和她的朋友。我跟她們打招呼，鄰居回應：「哎呀，你染頭髮了，我差點認不出來……」她的朋友則什麼都沒說，皺眉彎成八字型，盯著我的頭髮看足足有八秒之久，眼神充滿輕蔑和不理解，使我深感不該在此時此刻遇見她。轉身我吐了口氣，從打招呼起、被盯著瞧到向她們說掰掰，過程好像有一年那麼久。

也許她曾染髮結果被愛人拋棄？也許關於染髮她有很多不好的回憶……但就算幫忙找理由解釋，最後還是得面對「她無法接受年輕人染金髮」這壓倒性答案的勝利。不過，染金髮並不一定等於不良少年啊，價值觀差異的鴻溝使我非常無力。

想起先前和媽媽看的電影《春之雪》。這部片裡有幾小段情慾戲，雖然比起《色，戒》是小巫見大巫，不過，由於還是有些裸露呻吟及動作，因此我和媽媽討論起「如果姊姊當演員，某天去演情慾戲，媽媽會怎麼想？」她答：「當然不要比較好……」或許答案是能預料的，請想像身邊至親的人，不論家人、男女朋友或兒女，哪天去演情慾戲（即使只是兩個半小時裡的短短半分鐘），你能接受嗎？多數人怕被親友指指點點，或過不了自己的道德標準，應該都希望能免則免吧。

但如果這場「戲」在一部「藝術成就很高」的電影裡是「必需」的，那你的看法會不會改變呢？一位尚未成名的演員演了名不見經傳導演的小成本電影（裡頭有情慾戲），她所遭受的眼光，對上一位演員演了國際知名大導演的奧斯卡鉅片（裡頭也有情慾戲），她所換來的評價會不會不同？答案是肯定的。而弔詭的是，她們做的事完全一樣。

所以我想，過生活其實不必太在意旁人的眼光，知道自己在做什麼，抬頭挺胸、快樂並且沒有遺憾，那就算對方無法認同，你也還是堅實的存在。

偏見

不要太相信「大眾觀感」，因為人終究是獨立個體，當你順著大眾去做最安全的決定時，你的「意志」已經從中消失。

 # 大眾其實不存在

昨晚是劇團的慶功宴，為了包裝給大家的禮物，我遲了些出門，因此破例搭計程車前往餐廳。難得遇到女司機，名字叫「櫻花」，令人印象深刻。

一上車先跟她說了地址，並叮嚀麻煩盡快但是安全第一，她說這個觀念很正確喔。可能因為我是年輕人，她特意將廣播轉到流行音樂頻道，但實在太難聽了（她也這樣覺得），因此不一會兒又轉到台北愛樂。我心想：「哇！櫻花阿姨有默契！」便開始跟她交流音樂的事、名字的事、生活的事……後來才知道她有三個小孩。從言談間，我感覺她一定是個好媽媽，也希望孩子能體恤她的辛苦。

餐廳位置隱祕難找，在附近轉了兩圈終於找到。結帳時，櫻花阿姨沒把找路時增加的 20 元算進去，她說這樣才心安，讓我又感動了一次。雖然很少搭計程車，但多數時候總能遇到態度友善的司機，台灣真是充滿人情味的好地方。

櫻花阿姨

收假回南投的日子，在國光客運買票時，一位媽媽走到服務台問有沒有人撿到她的手機？櫃員說沒有，那位媽媽於是失望的回到隊伍裡，等著搭客運。

買完票，我跑去詢問她需不需要幫忙找，她說好，於是跟她去剛剛走過的地方，一次又一次撥打她的號碼，沿途聆聽有沒有手機鈴聲。找遍椅子附近和廁所，就是不見手機蹤影，最後只好放棄。那位媽媽和我說了謝謝，便搭上往台中的客運離去。

明白重要東西不見的感覺，我於是傳了簡訊到遺失的手機裡，請撿到的人協助歸還，好人一定會有好報！

兩週後的中午，突然接到陌生來電，是那位媽媽打來的，她找到手機了！原來那天到國光客運前，她搭了孩子的車，手機就這樣掉在孩子車上。雖然有點烏龍，但她還是打來讓我放心，說很謝謝我當時的幫忙，如果未來有去台中，一定要打給她。

平凡無奇的一天，因為這個失而復得的小插曲，以及一聲意料之外的謝謝，突然感覺到世界的可愛。

讓愛傳出去

世界上其實有很多英雄，他們隱身在人群中，不容易被發現。

這天搭公車回家，司機是位阿姨，一上車她就請大家注意安全，刷完卡嗶嗶後就對乘客說謝謝。車發動了，她請大家抓穩，感謝大家搭乘，祝大家笑口常開，還有下車時請走後門噢，前門讓其他上車乘客刷卡……

下車前的紅綠燈，我走到駕駛座旁對她說：「阿姨，我覺得妳很棒，我想和妳說『謝謝』再下車，加油！」她很驚訝，對我說感恩。

等我要下車前，車內突然響起廣播，司機阿姨說：「帥哥，謝謝你的加油，祝你平安。」

世界上其實有很多英雄，他們隱身在人群中，不容易被發現，今天我在車上找到了一個。

隱形的英雄

不管對全世界、某個國家或族群的現況、體制……或小至幾個人間，永遠有些事情可能你不認同、很想直說，但「時局」不允許的，卻也沒必要迎合當下的價值觀點頭稱是，放棄改變的可能。

不能明說，不等於要說謊，所以不用把話說死，增加未來不必要的困擾。

你可以從小地方開始傳訊，用潛移默化的方式去改變，畢竟「總有一天可以大聲的說」，只要用耐心和毅力去等待對的時機──滴水穿石，我如此相信。

不說違背心意的話迎合大眾、成就謊言，而是應該守護自己的信念。

小眾未必是永遠的小眾

當某個人／事／物成為「流行」時，便同時賦予他終將「退時」的宿命。唯有貼近人心的元素，才是永不流逝的基石。

潮流

在質疑世界對你有虧欠前，先問自己給了世界什麼。當你抱怨著世界為何不是自己想像中的樣子時，何不開始動手將它改造成理想的樣子？

手的革命

「轉變」通常是在潛移默化中發生的，而我也深信每個人都在無意間改變著世界。

種子

05 ｜自我

光與影

每個人都有影子，影子突顯出身體的強壯，但影子終究是歪斜扭曲的；一個人，堅強又脆弱，才會立體。一個人永遠不須羨慕另一個人，你見他身上亮光，是因為面對著他，直到繞至對方身後才發現：光芒越強的人，背後的影子，也越長。

有時覺得自己很渺小，有時覺得自己很偉大；彷彿什麼都不怕，卻
又如此脆弱且不堪一擊；不想被改變，卻無法完全對批評不屑一
顧……大概就是這麼矛盾，才是當「人」的樂趣所在。

完美的矛盾

當一個人什麼都沒有的時候會感到不安，而擁有了什麼也會跑出不安。因此，現在其實很迷惘，不太確定自己想要什麼、變成什麼。

我是誰？旁人對我有什麼想法？這一步有沒有站穩？下一步又要踏多大力？雖然不確定努力會不會被人看見（甚至很幸運地得到認同），但若不努力的話，也許連小小的喜歡都會變得很遙遠。

壓力、壓力、壓力、壓力；爆炸！爆炸！爆炸！爆炸！

好想快快樂樂畫圖，就算將來無法靠手跟腦袋養活自己，也要一直快樂畫下去；好想輕鬆展現出最真實的自己，不用擔心那樣做會不會被解讀成討好或其他負面字眼；好想不管創作的市場性、會不會餓死；好想帶家人出國；以及，在喜歡的人面前大喊 LOVE！為什麼，這些理所當然的事，好像都隨著年紀增長，越來越難以實現？

不安

下次不要再犯一樣的錯就好啦！會對過去的事情感到難過與懊悔，
總比遲遲不知道問題出在哪來得好。而且沒有過去的你，就沒有今
天的你……所以別再想了，你還是很棒。

 # 你很棒

國中時的我曾經很不快樂，好幾次都想一覺不醒……直到過了一段時間再回看過去，才明白可憐之人必有可恨之處的道理，所以我不能責怪過去，就算它確實對我造成影響，導致跟人講話都有一點恐懼，擔心再被傷害，也不能把一切當成事情做不好、話說不好時的藉口。

嗯，我已經開始改變了，例如以前被人說「你好瘦」的時候（每個月至少一次），自己都會畏畏縮縮顯得更瘦，而現在，我都會告訴自己健康就好了，假使那些事情都不能消除的話，就學著和它共存。

雖然偶爾還是會給人添麻煩、說出一些令自己後悔的話，面對喜歡的人時，也總是小心翼翼說話甚至比熟識的朋友還少；像隔著一面牆，手貼著手，好想再說點什麼卻又擔心會不小心被討厭。

想一想，假使在牆消失前，對面的人已經不在了呢？正因為任何一件事都可以讓我緊繃，也許現在就應該把身體捲起來變身穿山甲，突破那面牆！

我在努力

Heaven's hell，有什麼正劇烈撞擊著心牆？破碎的色彩，解構粒子和太空微塵，全都繞著小屋快速飛行……顛沛流離，百鬼夜行，無料呻吟。

顛沛流離

沒有人可以真正理解你所面臨的困境是什麼。沒有。

因為即使是相似的煩惱，用同一種方式也未必能夠解決，這就好比世上沒有相同的痛苦，那是無法拿來比較的東西。

讓我靜一下就好

不論哪個時期，總會遇到試圖想改變我的人，國中、高中、大學、研究所……每個階段的我都曾想逃走，因為那些人總是說，這樣做才好、這樣做才是正統，才能生存。

可是，為什麼非照他說的做不可？不管是只看到缺失面的師長，說「這樣做才能在業界生存」的上司，甚至是要我變得不像我的前輩，每次我都想問：為什麼非這麼做不可？學校和社會的存在，應該是教育我們一個基礎樣貌，再讓大家發展出自身特性，但為什麼我們要懼怕成為在體系中「脫軌」、「不一樣」的人？我們非得變成大家認同的人不可嗎？

從前，人們以為念財金念商念醫鐵定賺，學生們為沒興趣的課程拚搏，好不容易拿下成績，依照前人堆積的數字堡壘選擇未來，以為分數高才可以選的東西就是好。直到進入那個領域後才發現，世界會再做更小的分割。一步一步，輸送帶將你送進更小的空間。當頭棒喝，原來，分數高的世界也有高低之分！

直到全球金融風暴發生，以為「分數高才可以選的東西就是好」的人們，才真正學了一課，原來以前人說學什麼不會餓死……那些「經驗談」一點保障也沒有。用漫長時間去交換一條眾人以為安全的路，幸運的話或許可以平靜度過一生，但若晚期發現沒有興趣，無法繼續，甚至像遇上金融風暴找不到工作，這種時候，按照自己意志學習的人，至少還對得起自己。

如果不能選擇自己真正有興趣的事物往下扎根，人生其實並不算為自己活過，而是成為社會的棋子。

不該為別人的價值觀而活

偶爾感到一無是處，想將陽光帶到陰暗角落，卻發現自己其實也是陰暗的，潮溼得長滿青苔。原來我也沒這麼厲害，沒那種能耐。

黑暗面

宇宙不可能為你打轉，一如宇宙從未只為我打轉過一樣。我們只能跟著大家一起轉，珍惜偶爾得到的一點關愛和幸運；至於不愉快的那些，就忘了吧，除非有把握記住會比較快樂。

失憶症

母親從市場買回一袋新鮮的活蝦，活蝦在塑膠袋裡狂跳，也許牠們以為只要跳出塑膠袋就能「回家」了，然而卻是不可能的。會不會人生也是如此？以為可以怎樣，其實都是想像。

命運之神從「人生」這塑膠袋外看著在裡頭跳躍的我，只是冷眼旁觀，或者，會賞我一點奇蹟？

 # 致看不見的手

喜歡的日本電影《重力小丑》裡有句台詞：「把世界改變成自己喜
歡的樣子（你必須實現自己想在世上所見到的變化）。」但我相信
在那之前，必須先導正過去做錯的事情，償還辜負的好意，以及將
所有埋下的陰霾統統連根拔起。

因果

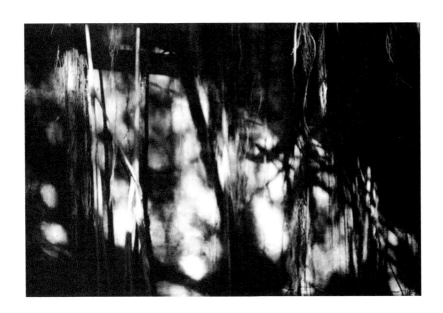

房間外的時鐘、桌上的小鬧鐘都陸續壞掉了，無獨有偶，心愛的手錶下午也故障了。

像發現「環境會反應心境」的祕密一樣，心平氣和接受它。指針暫停，一如某些原本進行的事正面臨改革（或已經結束）。

不用難過，鐘錶壞了，換一個新的就有了，舊的軀殼也還是可能變成古董裝飾品，或鎖進抽屜裡，當作回憶。

＃ 紀念品

犬男

雖然自畫像曾是青蛙和貘，但若談起什麼動物的習性最像自己，我覺得是狗。

我是一個簡單的人，笑的時候很用力，若你摸摸頭、給點獎賞就會開心得轉來轉去；清楚記得每個人的氣味和特色，遠遠看見對方，一定會主動跑上前打招呼叫汪汪！我不太會說話，但懂察言觀色，氣氛不對時，耳朵就會動一動，或垂下來。希望每個人都很開心的狗，為了博君一笑，要表演握手、坐下或中彈倒下來都可以，前提是，那人必須懂得珍惜。

狗的直覺是敏銳的，從神色、從氣味、從姿態、從你看不見的氣場……就算對方笑笑的好像沒有問題，狗也能嗅出哪裡不對勁來；如果你惡作劇完裝個傻，狗會配合地搖搖尾巴沒事笑一笑；如果你越界，狗就會壓低聲音吼～～警告；如果你欺人太甚，牠肯定不會放過你！

你該有過類似經驗，當一隻狗專心低頭吃飯時，就算是友善地摸摸牠的頭，狗也會發出吼吼警告聲，你看見牠目露凶光，牙齒和牙齦都跑出來的時候，就得小心了，狗不喜歡在做最喜歡（專注）的事時被打擾，那很微妙，就像起床氣，不是病，但牠只想要一隻狗靜一下。簡單的狗，有一點偏執，不妨將牠解釋為小孩子脾氣。

狗迷上一個人時，是死心塌地的，世界只繞著那個人打轉，但如果某天那個人消失了，牠的心也會被一起帶走，需要很長的時間，或根本不可能再愛上另一個人。狗很簡單，容易安撫，但狗永遠相信自己的直覺。若被不適合的人勉強套上項圈，面前再放一大盤肉，也拒吃一口；哪怕被鍊子綁住脖子，逃不了，嘴被掛上禁止出聲的皮套，叫不了，也寧可選擇有尊嚴的死掉。

凌晨睡前聽見一些從前沒聽過的聲音，腳趾冰冷，好像再繼續鑽牛角尖就要掉到很可怕的地方去。

想起某位長輩說：「其實你不用毫不保留的展露自己。」以及朋友說：「你也可以不用那麼堅強。」

偽裝，其實會受很嚴重的內傷，而一旦受傷，就會失控尋求更多偽裝。展露真實難道就不會受傷嗎？會，甚至留下疤，但傷口會停止流血；偽裝帶來的內傷，卻是只有自己才看得見的血色海洋。

假面國

寫日記的時候，看到裡頭貼了好多媽媽寫的便條紙，總是叮嚀自己要好好珍惜一輩子。三餐要記得吃、別忘了打掃、別讓她擔心……雖然很簡單，卻是她教會我最重要的事。

我應該是溫柔的人吧？可是溫柔的同時卻也很纖細。我並不非常討厭這樣的自己，但有時細膩的一面好像就要失控，給自己和很多人都添了麻煩。雖然想努力回報她為我做的一切，但總有一天我可能還是會傷害到她以及周遭的人。

人常會自己嚇自己，我也是這樣，無奈這就好像有人天生黑皮膚、有人白皮膚，不是自己能決定的；神經太細，也不是我願意的。只能盡量叫自己放輕鬆，努力往不傷害別人的方向走，如果沒有不安定的猜疑該有多好。

迷途

我是一個容易受環境影響的人，雖然主張「不失去自我」，卻不停透過各種方式尋找「真自我」。除了內心狀態的修正，外在髮型和穿著也一樣，簡單的例子，可以用最不愉快的國中歲月來說明。

當時，會把制服整齊塞進褲子裡的少數「乖乖異類」就是我，雖然也曾試著和多數男同學一樣，為了耍酷拿掉超大的眼鏡……想想真不孝，明明那副眼鏡是媽媽花錢帶我去配的，不是誰都能幸運擁有，但某段時間，一到學校，我卻把它收進盒子裡、把衣服拉出來，以為這樣就不會被排擠，沒想到好朋友見狀卻說：「那樣就不像你了。」到底怎樣做才對？我是誰？

為了被接納、在群體中平靜生活，人有時會不知不覺變成一模一樣的樣板。那就好像我從國中的谷底彈出來，高中學同儕梳起 M 字型中分頭，最後在大學隨意地變換造形一樣，以為找到了自己的樣子，隨著研究所裡的一句「那條褲子很像理工科」、「那件花襯衫不像『實踐』」又陷入遲疑，再一次歸零，重新尋找自己。

我開始穿窄管褲夾腳拖，穿那些比較不像普羅大眾（不是自命清高，但走在街上真的會有一點顯眼）的衣服，告別日式髮型，剪起厚厚呆呆英式髮型……但那些真的適合我嗎？我懷疑自己快變成一根刺眼的毒蘑菇，也許貼近了設計人的群體，卻不知不覺離多數人更遠……

但話說回來，為什麼我要去在意旁人眼光？或為流行趨勢改變自己呢？成為異端如何？融入群體又如何？作品有沒有力量、每天有沒有發自內心感到快樂，不是更重要嗎？

看著大學的老照片，我開始想念過去打扮隨性的自己，以快樂作為基底，混合兩種極端，不管別人怎麼看怎麼說怎麼想，這條褲子很不「實踐」，那件襯衫和髮型也不像設計人……但這些都是我曾在非常開心的狀態下擁有，所以不管你怎麼說，我都喜歡它。

成長的過程裡，也許我早已不知不覺死過很多次，也重生了很多次，這次投胎，我要快樂做自己。

 # 環境把你變成了什麼人

「你能想出五個一定會參加你葬禮的人嗎？」那天晚上朋友發問時，我立刻激動回應：「吥吥吥，不要想這種事啦！」話雖如此，還是忍不住陷入沉思⋯⋯

因為覺得世界上沒有一定、絕對的事情，所以我想不出「一定會出席葬禮的五個人」，就算退而求其次，列出「可能會出席的候選人」也沒把握。並不是對身邊親友不信任，換個角度、把立場對調──假使非常重要的親友過世，因為承受不了打擊，我也許會待在家裡，做著跟平常一樣的事情，甚至假想對方去旅行⋯⋯這樣一來，就不會想「再也見不到面」，甚至還能懷抱「那個人也在遠方努力著」的信念。再說，參加葬禮的人裡總有幾個備受爭議，看到那些久未聯絡，因為種種包袱「勉強」來參加葬禮的人，反而更難受。

另一個原因則是──東方人的葬禮氣氛實在太凝重。這樣講，大概不止殯葬業會生氣，虔誠的信教者也會訓斥我這不懂事的年輕人：「這是必經程序！」「沒處理好後事你安心嗎？」可是，只要聽到葬禮上反覆放送彷彿舞曲大帝國 non-stop mega mix 的經文，我就開始頭痛耶。想起當年不信道教也不信佛教的阿公葬禮，請來分不清楚是佛教還是道教的法師來誦經；外公的葬禮更是接連辦了好幾天（就算年紀還小，我也還依稀記得當時的繁複程序和衣服，以及規模更龐大的誦經隊伍），因為搞不清楚狀況，不但沒有悲傷情緒，甚至因為龐大陣仗而興奮不已，差點就在嚴肅的場合中跳起舞來。也許，不光是參加葬禮的「人選問題」，對我而言「葬禮本身」就是一個問題了。

有人說，葬禮是一個「讓人追思逝者、盡情釋放悲傷，明天再重整自己、繼續生活」的方式，我卻覺得葬禮是一個讓所有人都不知所措的尷尬場合。假使人死後真有靈魂，不管身處哪個角落，也能看到誰為自己悲傷，誰正在大笑吧。那樣不就夠了嗎？為什麼還要強迫大家「一起來難過」呢？如同拍照時叫人一定要在鏡頭前比勝利手勢、擺出笑容一樣，好不自然。

曾聽一位旅居國外的好友分享她返台參加葬禮的經驗。當時，她穿著黑色洋裝、梳包頭、戴珍珠耳環參加葬禮，這樣的裝扮，不論在西方或日本，都是體面、莊重的「禮儀」，但沒想到一回台灣，長輩就驚叫著要她把首飾全取下，再把頭髮放下撥亂，趴在靈前不得起來：「哭！妳要哭！」一如強行推進黑色漩渦，猛烈的文化衝擊讓她震驚不已。似乎，相較於國外「打扮是對死者的尊重」，台式葬禮更偏向「打扮是種失禮」，換言之，就是「應該要難過到已經不會打扮自己才對」。幸好，在這兩種極端之間，我們還有一個共通點——葬禮後的餐會。餐會的意義就像故事起承轉合的「合」，待眾人一起難過完畢（不管你是真的難過還是勉強難過），再一起坐下來吃頓美食，聊聊有關逝者的事，不論英勇事蹟或糗事，一起想想那個人對大家帶來的美好影響。比起 hardcore 的追思橋段，這樣不是比較好嗎？

雖然想了這麼多，我仍然想不出五個一定會出席我葬禮的人。最愛的家人，也許心碎到無法來參加葬禮；我喜歡的人，可能還不明白我的心意；而我更不想看到勉強來參加葬禮的人，所以無法想出那五個人，更無法強行預約這份名單。

但既然抱怨了那麼多現行葬禮的不是，當然還是要談談理想中的（自私）葬禮，那就是——請大家穿著自己最喜歡的衣服、五顏六色來參加這場 party！（東方人很奇怪，葬禮都一定要穿黑黑的舊衣服出現，如果我是死者，絕對不會因此感到欣慰，反而會怪自己把別人的一天毀了，為現場的烏煙瘴氣感到歉疚不已。）最重要的是，千‧萬‧不‧要‧誦‧經！否則我會走得更哀怨，甚至怨氣太重糾纏在參加葬禮的人身上一段時間；背景音樂，就從我最愛的 CD 排行榜裡一張張播放吧。

話說回來，我還有很多夢想沒有實現啊！現在就這麼認真的思考關於死後事情……吥吥吥。

 # 可以笑的葬禮

察覺生命的脆弱，最近很努力地想讓一天到晚坐著的身體健康一些，所以我又開始跑步。

跑步時，一邊調節呼吸，一邊維持腳步的輕盈，看天空浮雲、周遭的景物，同時讓自己隨心所欲地思考。我想，不只是身體，從今以後，也要讓自己的心變得更強，保持樂觀的自己，準確說出真實的意志。

 # 跑步

越是以為看透一件事，就越不了解一件事。

死角

就算外頭下雨，心也要保持晴天。

房內的天空

唯一能真正能拯救你的人就是你自己，所以你必須堅強。

 # SELF

是否會在無意間忘記自己所有，羨慕起別人擁有的？提醒自己，千萬別變成那樣子。因為表面看起來很幸福的人，私下未必一個煩惱也沒有。只要是人，都會有一兩個難以啟齒的祕密，也因那些傷痕，成就生命的厚度。

我矛盾地發現，他們不幸，是因為沒看見身邊的幸福；他們幸福，只是沒有表現出不幸罷了。

知足常樂

每當朋友遭遇挫折，總是下意識說出許多打氣話，但把對朋友說的打氣話全對自己說一遍，還能成立嗎？是不是輕忽了困難？（或平常其實也愛鑽牛角尖？）想學會自處，先從當「自己的朋友」開始。

別只是說說

一連串失誤和一連串幸運，它們巧妙地組織出一個人的人生。
還想要控制什麼、要求什麼？我只希望健康平安，儘量笑口常開。

 # 每日習題

喜悅的根源是，時時心懷感謝，不要覺得世界對你有虧欠。

 # 喜悅的根源

好不捨，我們終究是這樣歪曲的長大了，
成為一個能用背影說故事的人。
沉重得叫人想給他擁抱。

 # 背影都是戲

如果是逃不了的宿命，能控制的只有自己的心境。

 # 鳥事＋有苦說不出＝社會化？

就算全世界都否定你，你也不用打壓你自己。

 # 你該以自己為傲

正因為幸運的擁有了「很多」，所以那當中也無法避免的囊括了「孤獨」。但也不用太悲觀啊，反過來想，正因為孤獨，才能擁有很多。

 # 做喜歡的事不能喊辛苦

一、寂寞卻直率,我想當一個這樣的人。(然後感性之餘還要有一點性感這樣~)

二、有些時候,你孤獨,不是因為被誰孤立,而是你「選擇」孤獨。

三、孤單是無法改變的事實,但寂寞能夠加以裝飾。

 # 活著孤獨

成長

我終於明白，真正的成功並不是美夢成真，而是發自內心的滿足快樂。

習慣在睡著前想像一下明天的樣子，不管是生活、工作進度或遠大目標⋯⋯「請賜給我理性、樂觀的心還有勇氣！」不管是對哪種特定教派的神，或超過科學所能解釋的力量、大自然、外星人⋯⋯重複的禱告，夜夜祈求。

 # 禱文

沒有任何人可以阻擋你，除非你先放棄你自己。
不用後悔過去的決定，因為隨時可以下新的決定。

 # 山不轉路轉

很多時候，我寫的正向文字都是在對自己說話，所以，雖然看似積極勇敢，但都得先經過在谷底打滾的過程……別說我逞強，我只是想努力成為一個更樂觀的人。

 # 走過黑暗

記憶裡的缺憾（或最黑暗部分），總在最脆弱的時候，如鬼影般出現。所以直到現在，我也還是會偶爾想起不好的回憶……但那又如何呢？

「因為是人啊。」

所以我唯一能做的，就是盡量讓自己在「變好」的道路上前進，由「昨天」走向「明天」。

明日頌歌

人永遠無法真正拋下陰影，也唯有影子才能證明人是貨真價實的存在。

 # 影子

鮮少有人滿意自己的全部，但找到一種方式去接納完整的自己，也就足夠了。

心裡的永恆陽光

06 ｜家人

謝謝你，讓我做自己

每個人，不管經歷多少次感情的失敗、與朋友分分合合、在校園和社會上尋找自己的位置、為夢想奮力一搏、進行一場又一場認識自我的戰爭……傷痕累累的時候，總想回家。每個人，最終都要「回家」。

每當不熟悉的客人突然來拜訪爸媽時，我總習慣把自己關在一個隔間裡，不論房間、廁所或客廳，只要能來得及將身體藏起來，我總是能鑽就鑽。

這回選擇的地點是客廳，中午十一點左右，我躺在落地窗旁的沙發，一邊悠悠看著老師發的講義，一邊聽窗外植物隨風搖曳的聲音；陽光把沙發、講義都染成好吃的淺黃色，使我想起小時候，跟姊姊一起把兩張沙發併成一張搖籃床，慵懶地躺在裡面睡午覺……

「想起來了嗎？」嗯，想起來了。每當腦袋被回憶撞擊時，總是因為太過震驚又不捨而感到害怕。好比這張沙發、牆壁上的老畫、媽媽縫的墊子……它們一直都在這裡，卻因為太久沒碰觸、淡忘了而好像不存在過。

我是不是改變了太多？分散注意力、忘記回憶多重要？壁紙的裂痕增加了幾條？磁磚長什麼樣？常用的馬克杯、T-shirt、或筆？嘿，你有仔細看過現在踏的地板花紋嗎？殘忍唷，一直都在身邊的東西，卻總是看得最不清楚。

靜靜的呼吸

有些東西，小時候明明不喜歡，卻在長大後的某天突然就能接受了，例如鮮奶、棗類、山藥、芋頭（雖然還是吃得有點痛苦）以及紅豆餅等。

那天在路邊看到一袋 60 元的紅豆餅，主動買了一袋回家，媽媽發現我的行為也感到納悶：「小時候你不是不喜歡吃嗎？」是呀，還因為每次吃都要掀起一次家庭革命的關係，之後媽媽都不太買紅豆餅了。

現在再買的理由之一，也許是想藉此懷念童年的傻和天真吧？儘管現在已經能夠體會它的美味，但碰到餅皮上的麵粉時，還是會憶起那個久遠早晨，和媽媽死命推託，最後邊哭邊吃的回憶……

 # 紅豆餅的回憶

我們常不小心將自己的期望加諸他人身上，如同父母親將自己的期望放在子女身上，卻沒想到彼此都是獨立的個體，沒想到孩子自己的想法和願望。

 # 我愛你但我不等於你

阿公過世後，阿婆已經很久沒下廚，爸媽說阿婆年紀大了，記憶力退步很多，讓她獨自待在廚房也危險。雖然有點不放心，但端午節那天我仍忍不住在飯桌上說：「還是阿婆包的粽子最好吃。」阿婆於是當場允諾隔天她要親手包粽子。

其實我說那句話是自私的，我知道，只要那麼說，阿婆就一定會包粽子，如同小時候我在紙上畫了白色龍貓，之後阿婆在百貨公司裡看到一模一樣的就買回來。（而且那隻還是非賣品，阿婆跟經理溝通好久，對方終於被她感動出售。）那隻龍貓，今天依然被我保存得好好的。

雖然這次同樣提出要求，但我其實不確定阿婆會不會記得。這幾年她的記憶力真的退步很多，常問同樣的問題，也把我出過的書都混成一塊……我在心裡想，假使她這次忘了，也只能接受。

隔天，阿婆沒有做粽子來，難道永遠都吃不到那個口味了嗎？突然好失落，平常不吃花生的我，也唯有對阿婆包的「南部粽」（裡頭有碎花生）讚不絕口。

沒想到，奇蹟出現了，在端午節過後的一個禮拜，阿婆包了幾顆粽子過來，味道也跟從前一樣！阿婆沒有忘記粽子的做法，更沒有忘記我們的約定。慢慢咀嚼著，心裡滿是感動。

端午節的禮物

有段時間沒好好和阿婆聊天了，因此這天中午特地幫她買了三寶飯，到隔壁巷的阿婆家一起吃午餐。天氣好熱，住五樓的阿婆滿頭大汗，卻依舊只吹電風扇（我們家的人都好節儉）。邊吃邊聽她說從前的事、把三個孩子養大的事、念書的事、養狗的事及阿公的事……

其中我覺得最好玩的，是她小時候，只有感冒的孩子才能吃鳳梨罐頭的事。阿婆說，鳳梨本來是酸的，鳳梨罐頭卻甜甜的很好吃。但明明生病吃鳳梨罐頭也不會復元得比較快啊，吃真正的水果比較有效吧！但對小孩來說，生病是需要被安慰的，即使不會比較好，能趁這個機會吃到平常吃不到的美食，痛苦好像真的會減輕許多哩！

飯後，阿婆把垃圾攤開掛在窗架上，她說這樣風乾了才不會有老鼠和蒼蠅，看得我嘖嘖稱奇。愉快的兩小時一下就過去了。離開時我看著客廳桌上放的阿公照片，覺得阿公好像也在笑。

與阿婆的午餐約會

阿婆年紀大了，獨居充滿了危險，前陣子，甚至在上樓梯時跌倒，深夜我們送她掛急診。最後，我們決定將阿婆接過來同住。

週日下午冒著大雨，我跟爸媽一起去打掃阿公阿婆的房子。我把阿公錄的錄影帶（上面還有阿公的字跡）和阿婆看不完的書籍雜誌放入箱子裡，也把架上物品用紙小心包裹起來……意識到正在一步步親手摧毀童年最愛的城堡，將珍貴記憶封入粗糙的紙箱裡，我真希望一切只是場噩夢。

不只一次聽阿婆訴說當年布置房子的過程，有好看弧形的天花板重做過一次，牆的磁磚可遇不可求，廚房樓梯前一根根樑柱是有香味的檜木，那個收藏品是從荷蘭和瑞士帶回來的……我相信全台一定找不到第二間這種房子。

小時候，我們這些孫子孫女也都愛往那跑，但阿公過世後就慢慢改變了，越來越少人去拜訪，後來就沒人關心了，浪漫的歐式裝潢不知不覺染上「松子晚年」的氛圍，過期食物和隨手堆放的衣物雜誌垃圾……童年的我絕對想不到漂亮的房子有天也會變成這樣。

原來真的有一天，曾經珍視的都會變得不再重要；原來人走了以後，所有寶貝只能被移動到紙箱裡封存起來，或許暫時不會丟棄，但等我們都不在後，總有一天必定會被不懂它的價值的人丟棄，結局就是這般無奈。

雖然已經將阿婆從沒日沒夜的沉睡中解救出來，三餐也都正常飲食，但只要想到屋子變得空空蕩蕩，即將轉手他人，我就好難過。

曾經跟姊姊、表姐和堂妹說過長大也要待在那屋子裡，因為那是我們最喜歡的城堡，只是沒想到長大後，城堡不見了。

兒時的城堡

客廳那座自有記憶起就佇立著的壁爐，是阿公阿婆過去所建，雖然它不是真的可以點火取暖的壁爐，但每次看見，仍有走進童話故事的錯覺。

我還記得壁爐中間那個窟窿，曾放過一個水族箱很長很長一段時間，偶爾野貓會從陽台溜進來吃魚，幼兒時期的姊姊也曾把金魚抓出來玩……就這樣，慢慢的金魚全數歸天，壁爐變成家人堆放雜物的櫃子，平常沒點燈時黯淡無比。因此，趕在阿婆搬過來同住之前，為了有更舒適的空間，爸媽決定忍痛打掉壁爐；儘管重視回憶的我從頭反對到底，也想不出解決方案，只能在動工日前晚哀傷地拍攝幾張照片。

珍貴事物的形體或許無法永恆，卻會存留在腦子裡，成為精神和記憶。就像我始終記得某一年聖誕節，媽媽把 Pizza Hut 贈送的小聖誕掛飾貼在上面，姊姊和我也一邊祈禱，一邊興奮地將襪子掛上去，結果隔天「聖誕老人」在襪子裡留下小字條：「親愛的小朋友，襪子太小了，禮物放在旁邊沙發上。」回憶並不會隨壁爐消失就不再溫暖，只是對於無法改變的事實，人必須學會妥協。

謝謝你，最喜歡的壁爐。

壁爐的回憶

每次吃雞腿的時候，媽媽總會問我：「一隻雞幾條腿？」答案當然是兩條，可是我們家有三個人，所以媽媽常「犧牲」自己，只吃翅膀或雞胸的部分；就算我把雞腿夾過去，她也會拿「比較喜歡啃翅膀」這種很容易識破的理由唐塞。

我當然知道，媽媽非常非常愛我們，一如爸爸跟我也非常非常愛媽媽，但每次回答「兩條腿」好像不太有創意，所以有時會故意答「一條，因為牠瘸腿。」或是「十條，因為牠基因突變。」

自阿婆搬過來後，其中一條雞腿勢必要給辛苦最久的阿婆吃，媽媽說，那剩下的那一隻就三個人輪流吧。我在心裡想，跟爸爸已經吃過太多太多雞腿了，接下來的日子，就算全部給媽媽和阿婆吃，也一點都不過分。

 # 一隻雞幾條腿

世界上真的不是所有人都會無條件對你好，所以當遇到的時候，要珍惜！（尤其是家人，請珍惜！）

 # 跌跌撞撞

媽媽在路邊撿了兩朵木棉花回來,用一點水泡著放在餐桌上,說希望能帶給我一些畫畫的靈感。那幾天太忙,一不小心就忘記先用相機幫它們留下最美的樣子,轉眼間花都開始枯萎了。

趁丟棄前趕緊拍下這兩朵花,媽媽在一旁說:「拍那朵比較新鮮的就好,枯萎的就不用了吧!」我說不行,兩朵都要拍。因為那朵枯萎的花也曾盛開過,而且,在最在意美貌的花面前說它醜,多失禮啊。

話雖這麼說,其實我心裡真正想的是要留下這份記憶,關於媽媽的那一片好意。

 # 最美的花

凌晨夢見自己看到兩個媽媽，一個站在廚房，一個則坐在客廳的椅子上，而客廳椅子上的那位，穿著黑衣服。因為有恐怖片的經驗，在看到穿黑衣服的媽媽後，我立刻有不祥的預感。

我跑到她旁邊說：「媽，妳怎麼了？」她回答：「剛剛下雨……」我：「然後呢？」媽媽：「我被雷擊中，死了。」我：「……」唔，有一瞬間我真的好想大笑喔（失禮），可是知道媽媽已經死掉的事後，立刻就被排山倒海的悲傷覆蓋，沒想到正要哭出來時，夢就醒了。睜開眼睛，還剛好看到媽媽躡手躡腳地進房間幫我開窗戶。我心裡想：太好了，妳還活著啊！

下午跟媽媽說了這件事情，她先是笑了笑，接著冷靜地說：「克服這件事情的唯一方法，就是你要變得更獨立，因為我總有一天會死……那個時候，你才不會哭。」真討厭，這種話只會讓人更想哭啊！後來媽媽有約，出門時剛好在下雨，我對她說：「路上小心，如果遇到打雷要跑快一點。」她回答：「放心啦，比我高的人很多。」我無言了。

想變得更堅強

無論在旁人眼中，或自己的認知上，我與家人們的關係緊密又貼心，不過有時我會覺得自己沒有真正了解自己的父母，

例如，我沒有看過媽媽幫小朋友上課的樣子，或爸爸在客人面前充滿學問的談話⋯⋯我從未親眼目睹，而這些都是他們每週，甚至每天經歷的事，也是他們所擅長的。因此，當最近大家輪流出現必須克服的麻煩，靜靜聽對方說心中煩惱，幫忙分析各種層面，進而解決問題時，我真的覺得那種感覺好棒——包括脆弱、甚至是不那麼美麗的情緒，我都好喜歡，因為，我又更認識真實的他們一點了，那似乎就是「家人」間超越一切困難的力量！

時常反問自己：是否把生活中熟悉的人事物看得太理所當然，忽視了珍貴的瞬間？例如媽媽每天放學後出現在公寓樓梯口，請我下樓幫她提水果的景象，或爸爸像個大孩子般開出的玩笑⋯⋯我是否都牢牢記住了？

當阿婆來到我們家快滿一年時，我才猛然發覺過去幾年間一家三口的生活，在還來不及仔細回味的時候，又朝向下一個階段前進。以後，我是不是也會懷念起「現在」呢？

無法重複的時時刻刻

過去常待在家工作，知道家的重要，卻不清楚家的特別，等當了兵才知道，世界上再也不會有另一個像這樣溫暖的地方——永遠有人在等你，而且最棒的是你不用在沮喪時強顏歡笑。

我想趁還有家的時候，多回幾次家。

回家

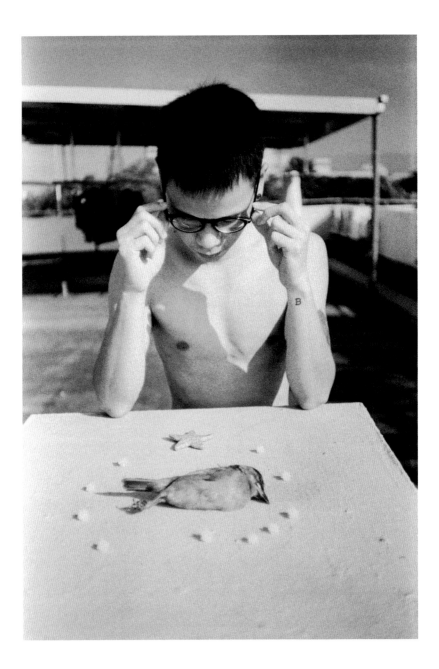

後記

進入資訊爆炸時代後，所有事物加速更迭，偶爾驚覺兩週前才發生的事，竟已如半年般久遠，希望時間慢下來，重回智慧型手機和臉書沒被開發出來的時空，因為，我是那樣戀舊，著迷老東西，喜歡慢慢來……這本書裡全部的照片，也全是用「底片」拍攝，但願你會喜歡它有點粗糙、朦朧（卻隱含著光）的氛圍。

我從 2011 年，便悄悄做著這個「攝影散文集」的夢，雖然，也曾擔心會被人說畫畫的跑去拍照好奇怪，幸好，身邊的人大多能理解，但無論擁有什麼樣的夢想，一個人的力量終究有限，因此，特別感謝編輯盈志與大塊團隊，成為伯樂；謝謝恩安幫忙設計出美麗的書；謝謝 Kathy 和韓姐；謝謝爸媽跟姊姊無條件的支持；謝謝願意當我模特兒的朋友（依字母和筆畫排列：Hester Lin、Ingrid、Nicole、Shaowei、TUOTUO、大 Q、大毛、小立羽、小風景、小徐、兔比、洪士珉、胡婷婷、飛鳥先生、陳逸安、魚寶、雷門、蔡曜駿、鐘仕展、耀逸），尤其封面上的 Ingrid，還為我拍了書內四張作者照片（頁 176、179、180、182）；謝謝這幾年照顧過我的上司以及合作夥伴；謝謝長年來支持我的你，成為我的後盾；也謝謝老媽的 Konica 古董相機，以及生日時，好友 san 送我的相機「小黃」，它們陪我走過六個年頭，但願還能再多拍幾年。

2016 年底，台北第一家相館「時代沖印」歇業，成為「時代的眼淚」，而這本書裡的一些照片，便是在那裡沖出來的。雖無法在店還營運時，帶著書登門道謝，但我想在出版後，寄給曾幫忙洗過相片的師傅，謝謝他們，希望他們知道還是有人喜愛底片相機，而擁有這本書的你，就是其中一分子。

現在，我做的事情很雜（畫圖、撰文、教學），興趣更是逐漸從畫畫轉移到攝影上，似乎，只有在做和利益無關的事情時，我才能像個孩子，真實感受到創作的純粹和喜悅。只是，當生活的事情變多，發表作品的速度就慢一點，請別擔心，我還是當年那個「尋找光」的男孩，做著一個關於創作的夢……

kowei 2017 年 春 於台北家中

國家圖書館出版品預行編目（CIP）資料

尋找心裡的永恆陽光 / kowei 攝影．文字 .-- 初版 .-- 臺北市：大塊

文化, 2017.05 面；公分 .-- (smile；141)ISBN 978-986-213-791-8(平裝)

855   106005087